AVENTURAS FANTÁSTICAS

EN BUSCA DEL DRAGÓN

Andy Dixon
Ilustraciones : Nick Harris

Directora de la colección: Felicity Brooks
Directora de diseño: Mary Cartwright

Impreso en España
D.L. BI-1913-98

¡VILLAENANOS TE NECESITA!

Ciudadanos de Villaenanos :

En otros tiempos, Villaenanos fue un pueblo de gente alegre. ¿Por qué? Porque en aquel entonces todavía teníamos pelo. Nuestras vidas eran sencillas, nos reíamos y éramos felices... hasta el día aciago en que ese canalla calvo, el Mago Pelucas, dejó caer sobre nuestras cabezas un hechizo que nos llenaría de tristeza. ¡Su hechizo perverso nos hizo perder el pelo! Ha llegado la hora de poner fin al reinado de terror de ese calvo envidioso. Hemos de buscar y destruir el Pozo de los Hechizos, que es la fuente de sus poderes mágicos. Se encuentra en un lugar desconocido y lo guarda un temible Dragón. El viaje será largo y arriesgado.
Por este motivo, ciudadanos de Villaenanos, pido:

VOLUNTARIOS PARA IR EN BUSCA DEL DRAGÓN

Si te consideras lo suficientemente valiente como para afrontar cualquier peligro, participa en las competiciones de Villaenanos y consigue un puesto en la búsqueda.

Pío Darío

Alcalde de Villaenanos

Información importante para los participantes

¡Bienvenido a la Tierra de Grandeso! Has tenido la valentía de presentarte voluntario para ir en busca del Dragón. Antes de ponerte en camino, necesitas saber varias cosas.

Tu actual emplazamiento

Estás en Villaenanos, un pueblo de gentes bajitas en la Tierra de Grandeso. Por desgracia, Villaenanos se encuentra bajo el poderoso hechizo de un mago malvado.

Tu enemigo

Tu enemigo es el Mago Pelucas, que tiene la cabeza como una bola de billar. Envidioso de los cabellos de los habitantes de Villaenanos logró, mediante un hechizo, que se quedaran tan calvos como él.

Tu misión

El propósito de la búsqueda es encontrar y destruir el Pozo de los Hechizos. El pozo es la fuente de los poderes mágicos del Mago Pelucas. Al destruirlo, se romperá el hechizo.

El Pozo de los Hechizos

En Villaenanos nadie sabe dónde se encuentra exactamente el Pozo de los Hechizos, pero sí se sabe que lo guarda un enorme y temible Dragón.

Tus compañeros en la búsqueda

Pío Darío, alcalde de Villaenanos, ha organizado unas competiciones para buscar a tres ciudadanos que te van a acompañar. Tendrán que demostrar que son tan valientes y tan astutos como tú.

Límite de tiempo

Se acerca el invierno. Los habitantes de Villaenanos necesitan tener pelo para protegerse del frío. Tenéis que llevar a cabo vuestra misión lo antes posible.

El camino a seguir

Se desconoce el camino exacto. Sólo se sabe que partiréis de Villaenanos y visitaréis otros muchos lugares. En el mapa puedes ver todo el territorio de Grandeso. Te aconsejamos que lo estudies atentamente.

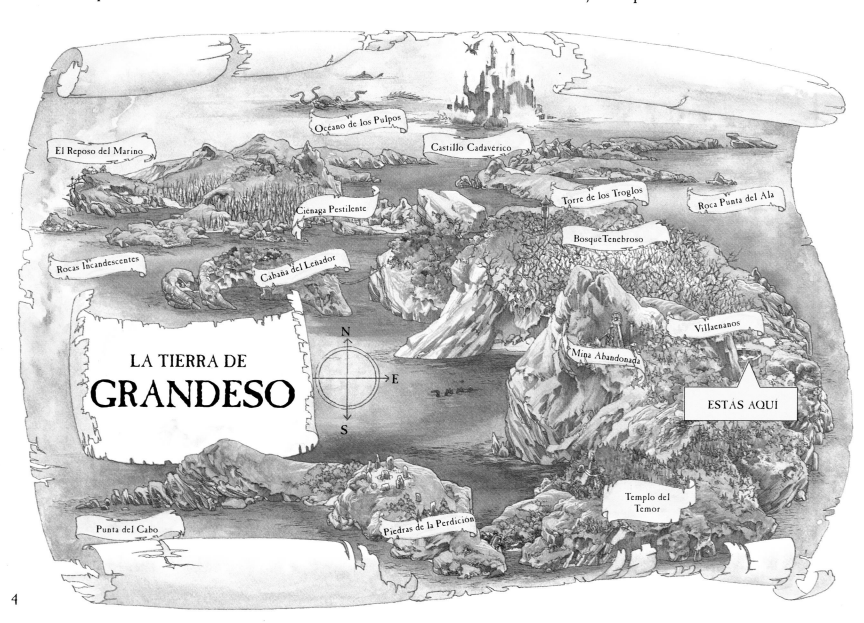

LA TIERRA DE
GRANDESO

Oceano de los Pulpos

El Reposo del Marino

Castillo Cadavérico

Torre de los Troglos

Roca Punta del Ala

Cienaga Pestilente

Bosque Tenebroso

Rocas Incandescentes

Cabaña del Leñador

Villaenanos

Mina Abandonada

ESTÁS AQUI

Templo del Temor

Punta del Cabo

Piedras de la Perdición

Los pergaminos

La búsqueda va a ser larga, difícil y peligrosa. Tú y tus compañeros necesitaréis valor, astucia y una vista de lince para salir airosos. Al llegar a cada lugar, encontraréis un pergamino como el de la muestra. Contiene información vital para superar, sanos y salvos, cada etapa de la búsqueda.

Vuestro enemigo: el Mago Pelucas

Océano de los Pulpos

MUESTRA

Habéis conseguido escapar del barco y alcanzar el fondo del Océano de los Pulpos. Extrañas criaturas marinas acechan desde sus escondrijos y corréis peligro caminando tan despacio, así que tenéis que encontrar una forma más rápida y segura de viajar.

Alguien pasó por aquí antes que vosotros y dejó abandonado un pequeño submarino. Si lográis hacer que funcione podréis escapar de las criaturas marinas en un santiamén. Busca la hélice.

Se distinguen a lo lejos 3 aberturas: son los desagües de las cloacas del Castillo Cadavérico. Solo es posible avanzar sanos y salvos por una que esté en uso. ¿Eres capaz de encontrar alguna pista que os indique cuál es?

En el Océano de los Pulpos se encuentran las perlas más grandes y valiosas del mundo. Busca 8 porque os serán útiles más adelante.

La mayor parte de las criaturas marinas son venenosas. Los cangrejos sí son comestibles, pero puede que os den un buen pellizco. Busca 6.

La inscripción indica dónde os encontráis.

Los mapas de Grandeso os recuerdan dónde se encuentra cada lugar. Proceden de un libro antiguo, que pertenece a un anciano muy sabio de Villaenanos.

Cuando llegue el momento, debéis leer la información que aquí aparece con mucho cuidado. Contiene pistas importantes.

Los dibujos muestran personas o cosas que tenéis que encontrar o evitar. A veces sólo se puede ver una pequeña parte, por lo que resulta difícil descubrir dónde están.

Aquí aparecen objetos que os harán falta más adelante, o que os ayudarán a avanzar en la siguiente etapa.

Podréis encontrar algo que comer y que beber en todos aquellos lugares que visitéis. Hay dibujos al pie del pergamino.

Las llaves rojas

Hay una llave roja escondida en cada uno de los primeros nueve lugares que visitéis. Al final, las necesitaréis para derrotar al Mago Pelucas. ¡No os olvidéis de buscarlas!

Los cuadrados

En cada página hay unos cuadrados con dibujos de animales y cosas que tenéis que buscar en la escena principal. Es buena práctica para ejercitar vuestras dotes de observación, que os ayudarán a salir triunfadores.

19 peces payaso

11 caballitos de mar

Las competiciones de Villaenanos están a punto de empezar. Pasa la página para saber quién irá contigo EN BUSCA DEL DRAGON...

Villaenanos

¡Felicidades! Tras salir airosos de las competiciones, tú y tres ciudadanos que reúnen las cualidades necesarias, habéis sido designados por los habitantes de Villaenanos para ir en Busca del Dragón. ¿Eres capaz de encontrarlos entre la multitud?

Tachuela lleva gafas y una camisa blanca. Lleva también un gorro azul con púas.

Azadón siempre sonríe. Lleva un gorrito rojo, un chaleco a rayas y una camisa con un gran cuello blanco.

Arcilla lleva un sombrero naranja y un vestido rosa con flores amarillas. Detesta los helados.

Para encontrar el camino necesitáis el libro de los mapas. Lo lleva bajo el brazo izquierdo el sabio de Villaenanos. ¿Puedes encontrarlo?

Os acechan toda suerte de peligros en Grandeso. Para vuestra protección necesitáis 4 espadas, 2 hachas y 2 escudos. Pero... ¿dónde están?

No es buena idea enfrentarse a un dragón con el estómago vacío. Necesitaréis llevar algo de comer y beber. Busca 7 botellas de leche de yabo, 9 correburguesas y 9 sabrosos pasteles.

10 caracoles

7 helados de cucurucho

9 cubos

22 jueces

3 yabos

6 títeres

5 guantes de boxeo

El Bosque Tenebroso

El primer alto en el camino es el Bosque Tenebroso, oscuro y lleno de peligros. Hay seis puertas que os dejarán salir del bosque, pero sólo una de ellas conduce a lugar seguro. Las otras cinco llevan a la Torre de los Troglos, de la que no hay forma de escapar. Escoged con cuidado o todo estará perdido y... no os fiéis de los conejos.

Los Troglos cazan conejos para guisarlos en el puchero de la cena, pero prefieren carne humana. Sólo atacan por la espalda y son tan cobardes que si gritáis ¡Uuuuh! saldrán corriendo. Hay que encontrar 12 troglos para no acabar en el puchero.

Los conejos son muy miedosos. No tienen amigos porque siempre andan contando mentiras. Saben cuál es la puerta que conduce a lugar seguro pero cuando se les pregunta responden con mentiras. ¿Eres capaz de encontrar los 34 conejos y la puerta que os llevará a un lugar seguro?

Conociendo bien el bosque, es fácil encontrar algo para comer. Buscad 9 manzanas y 10 hongos silvestres y que no se os olvide llenar la botella en el arroyo.

9 pájaros

7 gusanos

5 topos

7 garrotes

7 ardillas

16 flores

5 búhos

8 mariposas

La Cabaña del Leñador

Habéis conseguido escapar del Bosque Tenebroso y llegar a la Cabaña del Leñador. El leñador es muy despistado y reina tal desorden en su cabaña, que es imposible encontrar las cosas. Hace unas días perdió algo muy importante: la llave que da cuerda al reloj que controla el tiempo.

Este reloj mágico controla el tiempo. Cuando se para, todo se detiene. Para restablecer el curso del tiempo, tenéis que encontrar el reloj y después la llave para darle cuerda.

La llave

La siguiente parada será la Ciénaga Pestilente. Hay seres repugnantes escondidos en sus turbias profundidades. Necesitáis encontrar una barca y dos remos para viajar por la ciénaga.

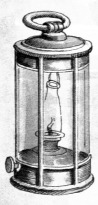

Se está haciendo de noche. La ciénaga es el lugar más oscuro de Grandeso. Para alumbrar el camino necesitáis encontrar un farol y 7 velas.

Aquí no encontraréis mucho que comer. Si queréis, podéis coger 7 trozos de queso, aunque huele tan mal que no lo prueban ni los ratones.

9 calcetines

9 patos

6 martillos

6 sierras

6 cajas de cerillas

15 ratones

6 lápices

7 brochas

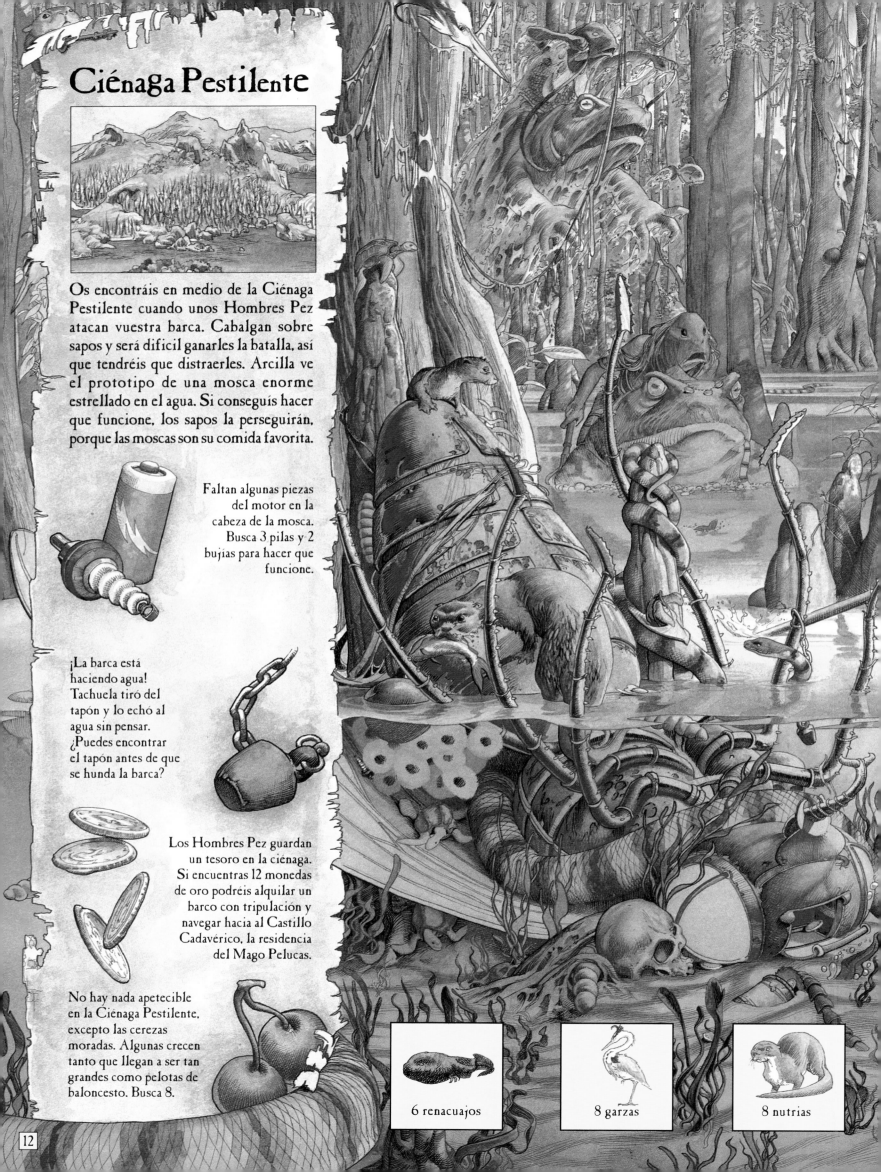

Ciénaga Pestilente

Os encontráis en medio de la Ciénaga Pestilente cuando unos Hombres Pez atacan vuestra barca. Cabalgan sobre sapos y será difícil ganarles la batalla, así que tendréis que distraerles. Arcilla ve el prototipo de una mosca enorme estrellado en el agua. Si conseguís hacer que funcione, los sapos la perseguirán, porque las moscas son su comida favorita.

Faltan algunas piezas del motor en la cabeza de la mosca. Busca 3 pilas y 2 bujías para hacer que funcione.

¡La barca está haciendo agua! Tachuela tiró del tapón y lo echó al agua sin pensar. ¿Puedes encontrar el tapón antes de que se hunda la barca?

Los Hombres Pez guardan un tesoro en la ciénaga. Si encuentras 12 monedas de oro podréis alquilar un barco con tripulación y navegar hacia al Castillo Cadavérico, la residencia del Mago Pelucas.

No hay nada apetecible en la Ciénaga Pestilente, excepto las cerezas moradas. Algunas crecen tanto que llegan a ser tan grandes como pelotas de baloncesto. Busca 8.

6 renacuajos

8 garzas

8 nutrias

9 larvas

9 pirañas

5 calaveras

9 serpientes

10 tortugas

El Reposo del Marino

Estáis en El Reposo del Marino. Es una taberna de piratas y gentes indeseables, que se emborrachan y se pelean. El ruido es ensordecedor. El capitán y la tripulación del barco pirata La Serpiente se encuentran entre la multitud. Si les localizáis, os llevarán al castillo del Mago por doce monedas de oro.

El Capitán Mújol lleva un sombrero azul de pirata y un parche en un ojo. Tiene un garfio en el brazo derecho.

Toda la tripulación de La Serpiente lleva el símbolo secreto del ancla y la serpiente. Tenéis que encontrar a siete miembros de la tripulación.

Alguien ha robado parte del equipo del barco y lo ha escondido en la taberna. Antes de que el barco zarpe, tenéis que encontrar el timón, el compás y el telescopio.

Ningún barco pirata que se precie levará anclas sin la bandera pirata. ¿Puedes encontrarla?

Aquí no encontraréis cosas apetitosas de comer y beber, a excepción de 8 empanadas de periquito y 8 botellas de zumo de bayas. Búscalas.

10 parches

10 loros

8 garfios

14

5 patas de palo

6 relojes

9 sables

5 mapas de tesoros

22 naipes

La Serpiente

El perverso capitán Mújol os ha encerrado en la bodega del barco. ¡Debe estar trabajando para el Mago! Buscando, encontraréis equipos viejos de buceo. Vestidos de buceadores, podréis hundir La Serpiente y escapar cuando el capitán y la tripulación abandonen el barco.

Tenéis que encontrar, por la bodega del barco, cuatro escafandras, 4 tanques de oxígeno y 4 pares de botas pesadas. Las botas impedirán que ascendáis a la superficie cuando escapéis al océano.

Cuando llegue la hora de hundir La Serpiente tendréis que quitar el gran tapón del barco. ¿Puedes localizarlo?

En el fondo del mar hay criaturas muy peligrosas. Sería buena idea llevar arpones para defenderos. Busca 4.

Antes de poneros los trajes de buceo y quitar el tapón, necesitaréis comer algo. Busca 12 plátanos y 12 galletas.

6 anclas

10 cerdos

5 langosteras

10 balas de cañón

11 gallinas

7 carretes de pescar

7 barriles

Océano de los Pulpos

Habéis conseguido escapar del barco y alcanzar el fondo del Océano de los Pulpos. Extrañas criaturas marinas acechan desde sus escondrijos y corréis peligro caminando tan despacio, así que tenéis que encontrar una forma más rápida y segura de viajar.

Alguien pasó por aquí antes que vosotros y dejó abandonado un pequeño submarino. Si lográis hacer que funcione podréis escapar de las criaturas marinas en un santiamén. Busca la hélice.

Se distinguen a lo lejos 3 cañerías: son los desagües de las cloacas del Castillo Cadavérico. Sólo es posible avanzar sanos y salvos por una, que aún no está en uso. ¿Eres capaz de encontrar alguna pista que os indique cuál es?

En el Océano de los Pulpos se encuentran las perlas más grandes y valiosas del mundo. Busca 8 porque os serán útiles más adelante.

La mayor parte de las criaturas marinas son venenosas. Los cangrejos sí son comestibles, pero puede que os den un buen pellizco. Busca 6.

8 pulpos

19 peces payaso

6 anguilas

12 erizos de mar

8 tiburones

11 caballitos de mar

10 estrellas de mar

5 almejas gigantes

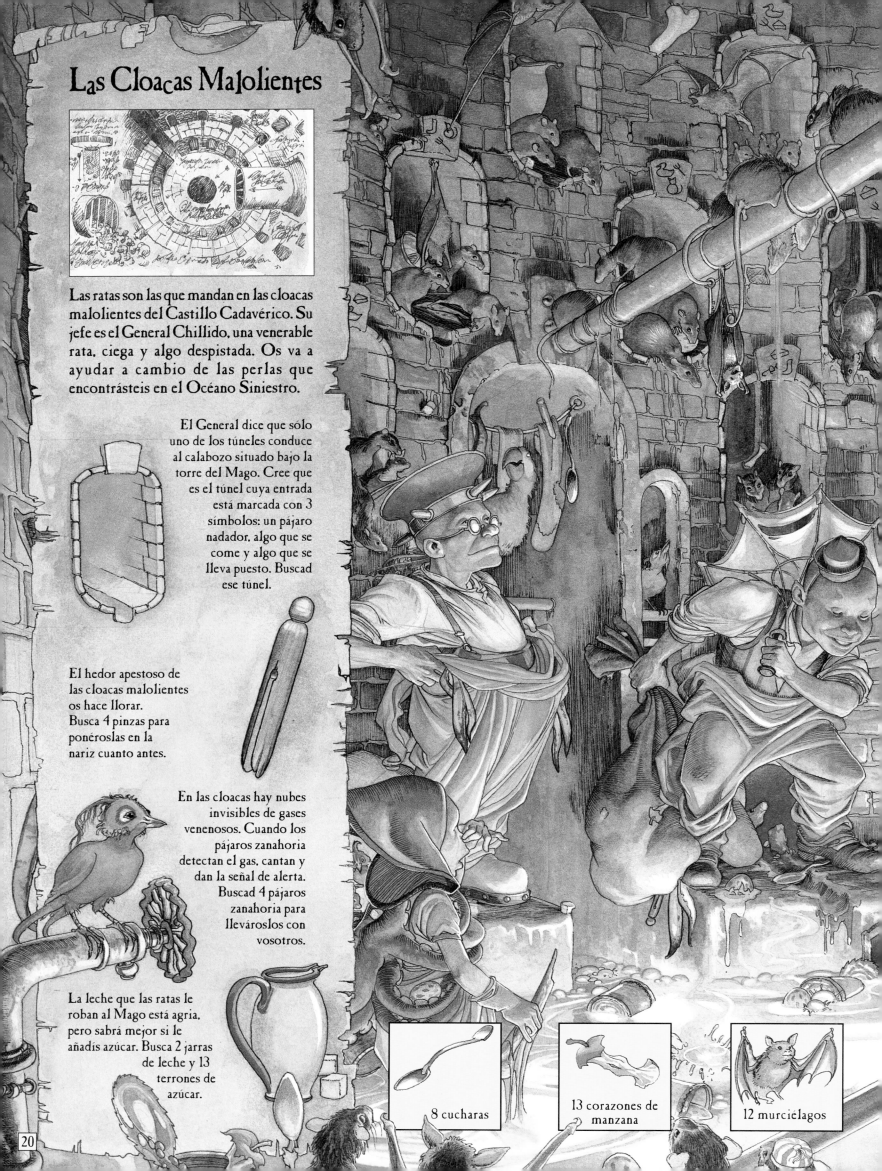

Las Cloacas Malolientes

Las ratas son las que mandan en las cloacas malolientes del Castillo Cadavérico. Su jefe es el General Chillido, una venerable rata, ciega y algo despistada. Os va a ayudar a cambio de las perlas que encontrásteis en el Océano Siniestro.

El General dice que sólo uno de los túneles conduce al calabozo situado bajo la torre del Mago. Cree que es el túnel cuya entrada está marcada con 3 símbolos: un pájaro nadador, algo que se come y algo que se lleva puesto. Buscad ese túnel.

El hedor apestoso de las cloacas malolientes os hace llorar. Busca 4 pinzas para ponéroslas en la nariz cuanto antes.

En las cloacas hay nubes invisibles de gases venenosos. Cuando los pájaros zanahoria detectan el gas, cantan y dan la señal de alerta. Buscad 4 pájaros zanahoria para llevároslos con vosotros.

La leche que las ratas le roban al Mago está agria, pero sabrá mejor si le añadís azúcar. Busca 2 jarras de leche y 13 terrones de azúcar.

8 cucharas

13 corazones de manzana

12 murciélagos

11 huesos

15 bolsitas de té

15 huevos podridos

11 latas

19 cáscaras de plátano

La Cocina del Gigante

Habéis logrado escapar de las cloacas y os encontráis en la cocina de un gigante que ha capturado a Arcilla. Él y su mujer han estado preparando comida todo el día para el Mago, que no ha dejado de tocar la campanilla pidiendo más y más platos desde su torre. Están hambrientos pero sin fuerzas para preparar su propia cena. Dejará escapar a Arcilla si le preparáis algo caliente.

Al gigante le apetece una tortilla de champiñones. Todos los ingredientes se encuentran en algún lugar de la cocina. Busca mantequilla, una botella de leche de yabo, 6 huevos y 9 champiñones.

Pronto llegaréis a la Cámara de los Hechizos. Por allí andan unos gatos grandes y poco cariñosos que pertenecen al Mago Pelucas. Para distraerles hay que darles de comer. Busca 8 latas de comida para gatos y un abrelatas.

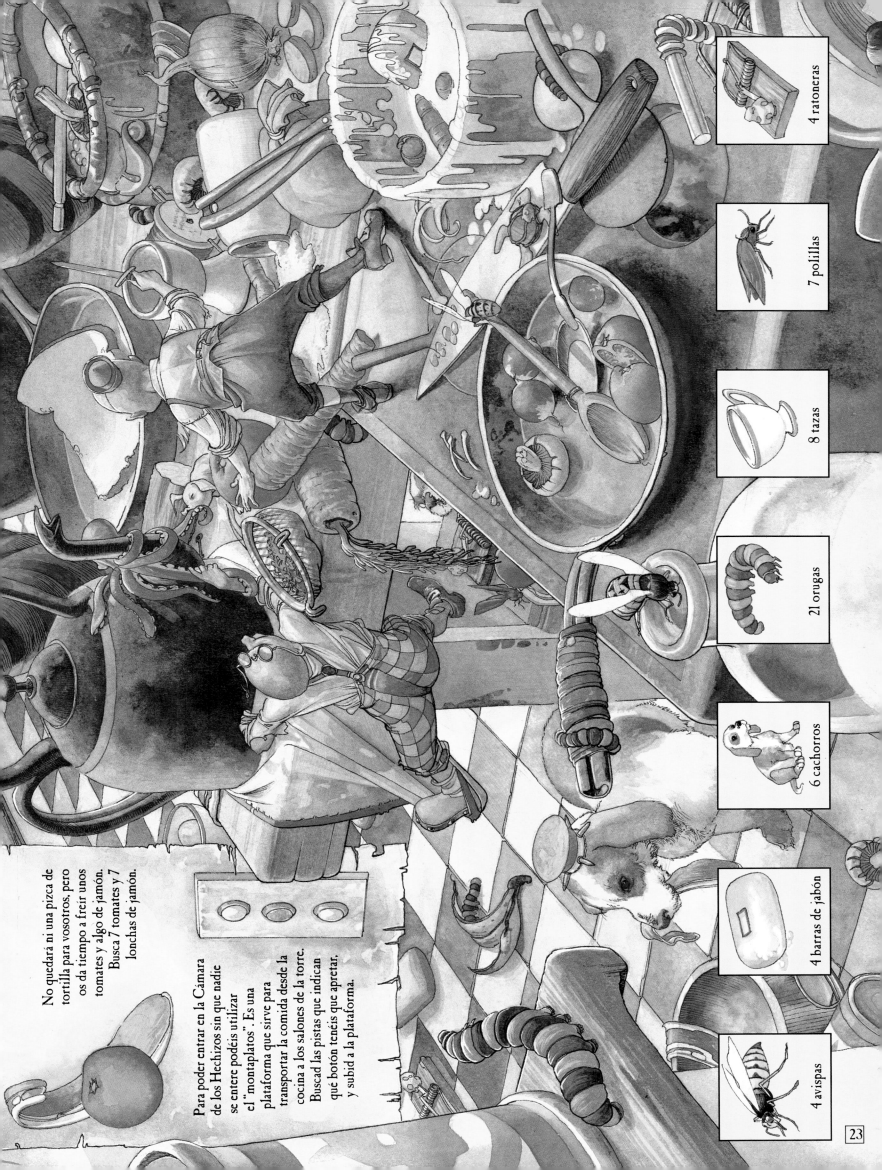

No quedará ni una pizca de tortilla para vosotros, pero os da tiempo a freír unos tomates y algo de jamón. Busca 7 tomates y 7 lonchas de jamón.

Para poder entrar en la Cámara de los Hechizos sin que nadie se entere podéis utilizar el "montaplatos". Es una plataforma que sirve para transportar la comida desde la cocina a los salones de la torre. Buscad las pistas que indican qué botón tenéis que apretar, y subid a la plataforma.

4 ratoneras

7 polillas

8 tazas

21 orugas

6 cachorros

4 barras de jabón

4 avispas

La Cámara de los Hechizos

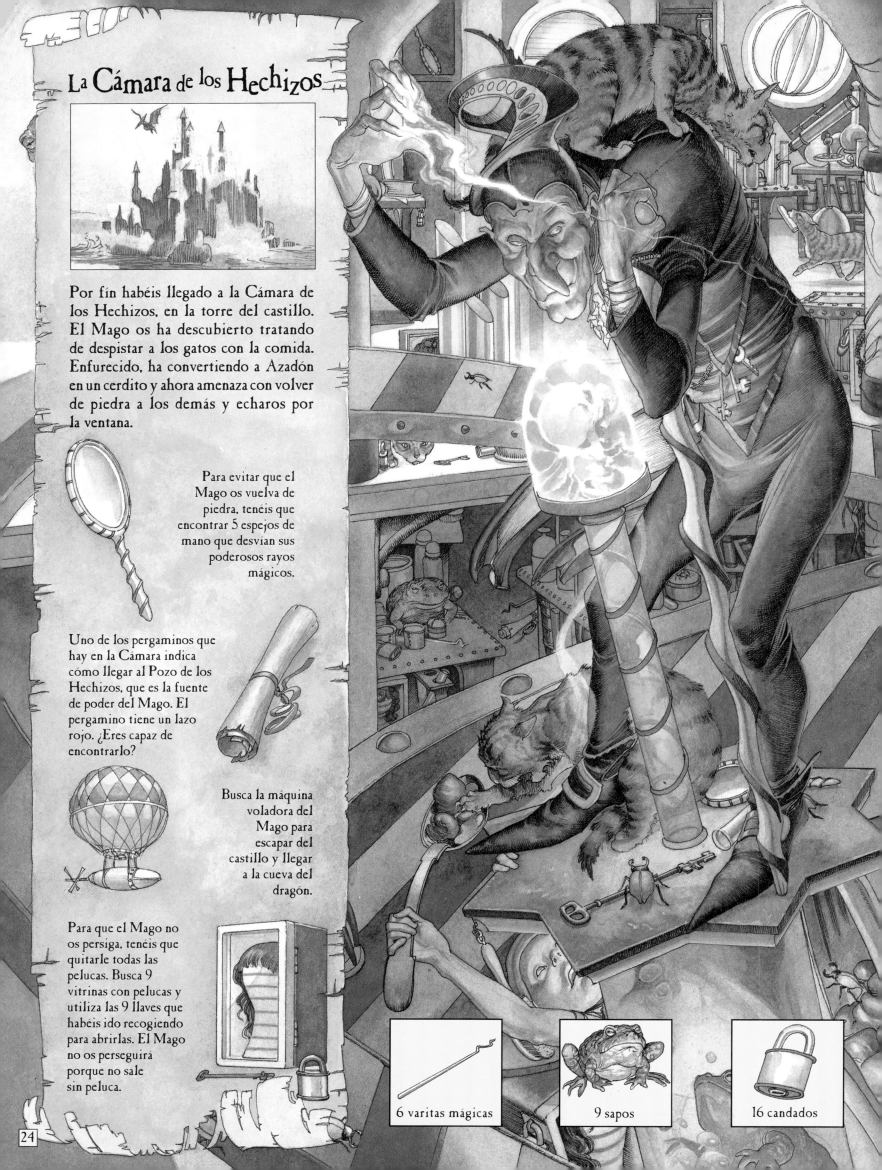

Por fín habéis llegado a la Cámara de los Hechizos, en la torre del castillo. El Mago os ha descubierto tratando de despistar a los gatos con la comida. Enfurecido, ha convertiendo a Azadón en un cerdito y ahora amenaza con volver de piedra a los demás y echaros por la ventana.

Para evitar que el Mago os vuelva de piedra, tenéis que encontrar 5 espejos de mano que desvían sus poderosos rayos mágicos.

Uno de los pergaminos que hay en la Cámara indica cómo llegar al Pozo de los Hechizos, que es la fuente de poder del Mago. El pergamino tiene un lazo rojo. ¿Eres capaz de encontrarlo?

Busca la máquina voladora del Mago para escapar del castillo y llegar a la cueva del dragón.

Para que el Mago no os persiga, tenéis que quitarle todas las pelucas. Busca 9 vitrinas con pelucas y utiliza las 9 llaves que habéis ido recogiendo para abrirlas. El Mago no os perseguirá porque no sale sin peluca.

6 varitas mágicas

9 sapos

16 candados

18 escarabajos

6 cepillos

10 gatos

7 relojes de arena

La Cueva del Dragón

Habéis llegado a la Cueva del Dragón, en las profundidades de una mina abandonada. El Mago descubrió por casualidad hace años que si bebía y seguía bebiendo agua del Pozo de los Hechizos aumentarían sus malévolos poderes. Esta es vuestra oportunidad de derrotar al enorme dragón, destruir el pozo y escapar.

Las espadas que lleváis sólo harán cosquillas a la piel escamosa del dragón. Busca la manivela y la manguera para sacar agua del pozo y regar las fauces del dragón. Si conseguís apagar las llamas, saldrá huyendo.

La vía férrea conduce a la entrada de la mina que está cerca de Villaenanos. Un pequeño motor impulsa el vagón. Buscad 6 lámparas de petróleo y echad el combustible en el motor para ponerlo en marcha y así poder escapar.

Busca 7 cartuchos de dinamita y un detonador para volar la cueva. Una vez destruido el pozo, se romperán todos los encantamientos. A los habitantes de Villaenanos les volverá a crecer el pelo y Azadón recobrará su figura.

7 piquetas

12 fósiles

16 lagartos

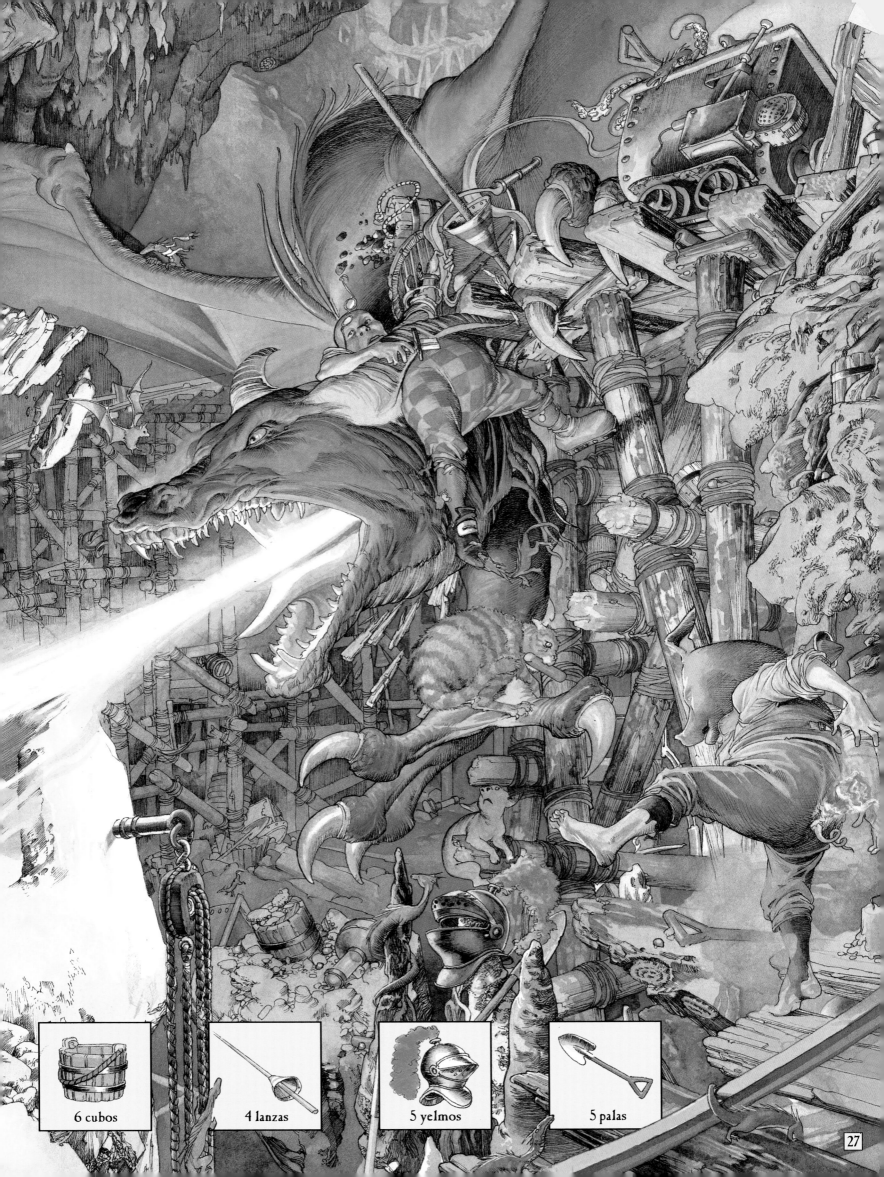

6 cubos

4 lanzas

5 yelmos

5 palas

Villaenanos 6-7

Tachuela 1

Azadón 2

Arcilla 3

Libro de mapas 4

Espadas 5 6 7 8

Hachas 9 10

Escudos 11 12

Botellas de leche de yabo 13 14 15 16 17 18 19

Correburguesas 20 21 22 23 24 25 26 27 28

Sabrosos pasteles 29 30 31 32 33 34 35 36 37

Caracoles 38 39 40 41 42 43 44 45 46 47

Helados de cucurucho 48 49 50 51 52 53 54

Cubos 55 56 57 58 59 60 61 62 63

Jueces 64 65 66 67 68 69 70 71 72 73 74 75 76 77 78 79 80 81 82 83 84 85

Yabos 86 87 88

Títeres 89 90 91 92 93 94

Guantes de boxeo 95 96 97 98 99

Llave roja 100

El Bosque Tenebroso 8-9

Puertas 1 2 3 4 5 6

Troglos 7 8 9 10 11 12 13 14 15 16 17 18

Conejos 19 20 21 22 23 24 25 26 27 28 29 30 31 32 33 34 35 36 38 39 40 41 42 43 44 45 46 47 48 49 50 51 52

Manzanas 53 54 55 56 57 58 59 60 61

Hongos silvestres 62 63 64 65 66 67 68 69 70 71

Pájaros 72 73 74 75 76 77 78 79 80

Gusanos 81 82 83 84 85 86 87

Topos 88 89 90 91 92

Garrotes 93 94 95 96 97 98 99

Ardillas 100 101 102 103 104 105 106

Flores 107 108 109 110 111 112 113 114 115 116 117 118 119 120 121 122

Búhos 123 124 125 126 127

Mariposas 128 129 130 131 132 133 134 135

Llave roja 136

La puerta que conduce al lugar seguro es la puerta 5.

La Cabaña del Leñador 10-11

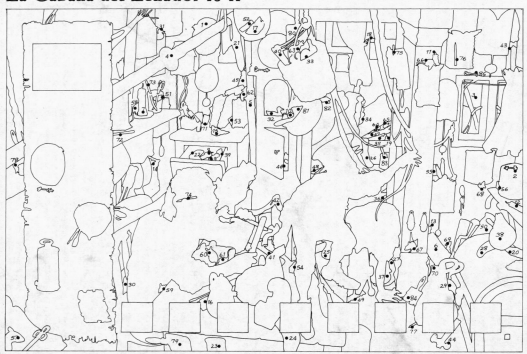

Reloj 1

Llave mágica 2

Barca 3

Remos 4 5

Farol 6

Velas 7 8 9 10 11 12 13

Quesos 14 15 16 17 18 19 20

Calcetines 21 22 23 24 25 26 27 28 29

Patos 30 31 32 33 34 35 36 37 38

Martillos 39 40 41 42 43 44

Sierras 45 46 47 48 49 50

Cajas de cerillas 51 52 53 54 55 56

Ratones 57 58 59 60 61 62 63 64 65 66 67 68 69 70 71

Lápices 72 73 74 75 76 77

Brochas 78 79 80 81 82 83 84

Llave roja 85

Ciénaga Pestilente 12-13

Pilas 1 2 3

Bujías 4 5

Tapón 6

Monedas de oro 7 8 9
10 11 12 13 14 15
16 17 18

Cerezas 19 20 21 22
23 24 25 26

Renacuajos 27 28 29
30 31 32

Garzas 33 34 35 36
37 38 39 40

Nutrias 41 42 43 44
45 46 47 48

Larvas 49 50 51 52
53 54 55 56 57

Pirañas 58 59 60 61
62 63 64 65 66

Calaveras 67 68 69
70 71

Serpientes 73 74 75
76 77 78 79 80 81

Tortugas 82 83 84 85
86 87 88 89 90 91

Llave roja 92

El Reposo del Marino 14-15

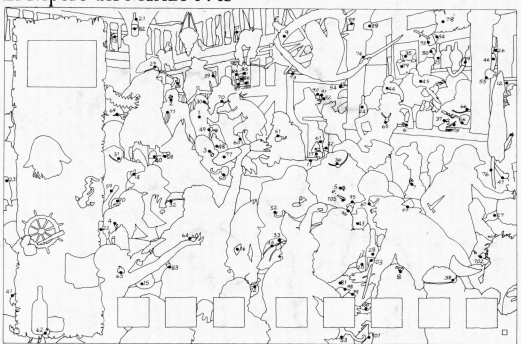

Capitán Mújol 1

Símbolos del ancla y
la serpiente 2 3 4 5
6 7 8

Timón 9

Compás 10

Telescopio 11

Bandera 12

Empanadas de
periquito 13 14 15
16 17 18 19 20

Zumo de bayas 21 22
23 24 25 26 27 28

Parches 29 30 31 32
33 34 35 36 37 38

Loros 39 40 41 42 43
44 45 46 47 48

Garfios 49 50 51 52
53 54 55 56

Patas de palo 57 58
59 60 61

Relojes 62 63 64 65
66 67

Machetes 68 69 70
71 72 73 74 75 76

Mapas de tesoros 77
78 79 80 81

Naipes 82 83 84 85
86 87 88 89 90 91
92 93 94 95 96 97
98 99 100 101 102
103 104

Llave roja 105

La Serpiente 16-17

Escafandras 1 2 3 4

Tanques de oxígeno 5
6 7 8

Botas 9 10 11 12 13
14 15 16

Tapón 17

Arpones 18 19 20 21

Plátanos 22 23 24 25
26 27 28 29 30 31
32 33

Galletas 34 35 36 37
38 39 40 41 42 43
44 45

Anclas 46 47 48 49
50 51

Cerdos 52 53 54 55
56 57 58 59 60 61

Langosteras 62 63 64
65 66

Balas de cañón 67 68
69 70 71 72 73 74
75 76

Gallinas 77 78 79 80
81 82 83 84 85 86
87

Carretes de pescar
88 89 90 91 92 93
94

Barriles 95 96 97 98
99 100 101

Llave roja 102

Océano de los Pulpos 18-19

Submarino 1

Hélice 2

Pistas de las cañerías 3 4

Cañería segura 5

Perlas 6 7 8 9 10 11 12 13

Cangrejos 14 15 16 17 18 19

Pulpos 20 21 22 23 24 25 26 27

Peces payaso 28 29 30 31 32 33 34 35 36 37 38 39 40 41 42 43 44 45 46

Anguilas 47 48 49 50 51 52

Erizos de mar 53 54 55 56 57 58 59 60 61 62 63 64

Tiburones 65 66 67 68 69 70 71 72

Caballitos de mar 73 74 75 76 77 78 79 80 81 82 83

Estrellas de mar 84 85 86 87 88 89 90 91 92 93

Almejas gigantes 94 95 96 97 98

Llave roja 99

Las Cloacas Malolientes 20-21

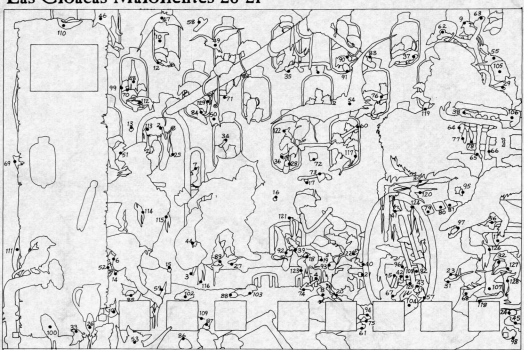

Túnel correcto 1

Pinzas 2 3 4 5

Pájaros zanahoria 6 7 8 9

Botellas de leche 10 11

Terrones de azúcar 12 13 14 15 16 17 18 19 20 21 22 23 24

Cucharas 25 26 27 28 29 30 31 32

Corazones de manzana 33 34 35 36 37 38 39 40 41 42 43 44 45

Murciélagos 46 47 48 49 50 51 52 53 54 55 56 57

Huesos 58 59 60 61 62 63 64 65 66 67 68

Bolsitas de té 69 70 71 72 73 74 75 76 77 78 79 80 81 82 83

Huevos podridos 84 85 86 87 88 89 90 91 92 93 94 95 96 97 98

Latas 99 100 101 102 103 104 105 106 107 108 109

Cáscaras de plátano 110 111 112 113 114 115 116 117 118 119 120 121 122 123 124 125 126 127 128

Llave roja 129

La Cocina del Gigante 22-23

Mantequilla 1

Botella de leche de yabo 2

Huevos 3 4 5 6 7 8

Champiñones 9 10 11 12 13 14 15 16 17

Abrelatas 18

Latas de comida para gato 19 20 21 22 23 24 25 26

Tomates 27 28 29 30 31 32 33

Lonchas de jamón 34 35 36 37 38 39 40

Botón correcto 41 (Está sucio porque el gigante lo aprieta para mandar la comida a la torre. La campana del

medio es la que toca el Mago porque no tiene telarañas.)

Avispas 42 43 44 45

Barras de jabón 46 47 48 49

Cachorros 50 51 52 53 54 55

Orugas 56 57 58 59 60 61 62 63 64 65 66 67 68 69 70 71 72 73 74 75 76

Tazas 77 78 79 80 81 82 83 84

Polillas 85 86 87 88 89 90 91

Ratoneras 92 93 94 95

Llave roja 96

La Cámara de los Hechizos 24-25

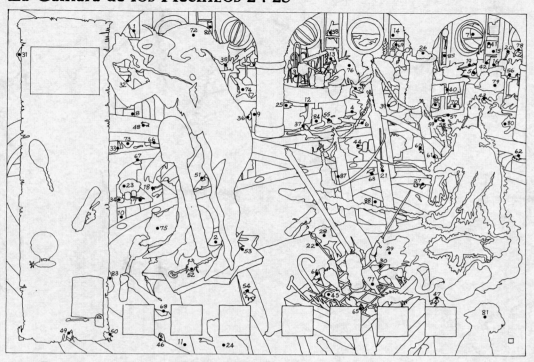

Espejos 1 2 3 4 5

Pergamino con lazo rojo 6

Máquina voladora 7

Vitrinas con pelucas 8 9 10 11 12 13 14 15 16

Varitas mágicas 17 18 19 20 21 22

Sapos 23 24 25 26 27 28 29 30 31

Candados 32 33 34 35 36 37 38 39 40 41 42 43 44 45 46 47

Escarabajos 48 49 50 51 52 53 54 55 56 57 58 59 60 61 62 63 64 65

Cepillos 66 67 68 69 70 71

Gatos 72 73 74 75 76 77 78 79 80 81

Relojes de arena 82 83 84 85 86 87 88

La Cueva del Dragón 26-27

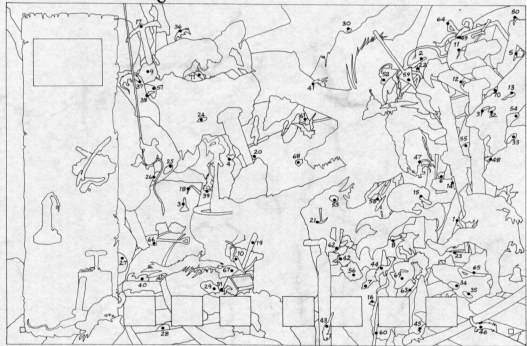

Manivela 1

Manguera 2

Lámparas 3 4 5 6 7 8

Detonador 9

Cartuchos de dinamita 10 11 12 13 14 15 16

Piquetas 17 18 19 20 21 22 23

Fósiles 24 25 26 27 28 29 30 31 32 33 34 35

Lagartos 36 37 38 39 40 41 42 43 44 45 46 47 48 49 50 51

Cubos 52 53 54 55 56 57

Lanzas 58 59 60 61

Palas 62 63 64 65 66

Yelmos 67 68 69 70 71

Más adivinanzas...

1. GRANDESO es un anagrama. Si cambias el orden de las letras aparece otra palabra. ¿Cuál es?

2. La Tierra de Grandeso, cuyo mapa puedes ver en la página 4, tiene la forma de una de las criaturas que aparecen en el libro. ¿Cuál es?

(Las respuestas están al pie de esta página.)

¿Puedes encontrar... ?

- ¿Un nido de pájaros y un gato rojizo en Villaenanos?

- ¿Un topo tirándose con paracaídas en el Bosque Tenebroso?

- ¿Una foto pequeña en la Cabaña del Leñador?

- ¿Una tortuga practicando esquí acuático en la Ciénaga Pestilente?

- ¿Un ojo de cristal en el Reposo del Marino?

- ¿Tres ratones dentro de un bote salvavidas en La Serpiente ?

- ¿Un pez payaso con un gorro y un loro con un esnórquel en el Océano de los Pulpos?

- ¿Dos ratas con gorros en las Cloacas Malolientes?

- ¿Un murciélago durmiendo en la Cocina del Gigante?

- ¿Dos serpientes y dos peces en la Cámara de los Hechizos?

- ¿Un lagarto tomando el sol en la Cueva del Dragón?

¡Adiós!